LA VOIE DU TABLIER

おおのこうすけ
KOUSUKE OONO

2

BIG Kana

SOMMAIRE

CHAPITRE 10
LA PEAU DE MON VISAGE COMMENCE À SE DÉTENDRE...

HFF...
HFF...
SHIBAINU
POURQUOI TU FAIS DU HULA HOOP ?
FWUSH
ヒューン
FAIS ATTEN-TION !

BIM !
AÏE !
VLAM
ÇA SUFFIT !
VA FAIRE ÇA DEHORS.
OU SINON...
... TU PEUX ALLER LÀ-BAS.
HM ?
Pour être parfaite cet été
CLUB DE FITNESS
Essai gratuit
Offre découverte
Venez faire du fitness pour être belle cet été !

OUVERT TOUTE L'ANNÉE
goku FITNESS
SALLE D'ENTRAÎNEMENT
ENTRAÎNEMENT
DES EXERCICES SIMPLES POUR RESTER EN BONNE SANTÉ
MUSCULATION
DES SÉANCES DE GYM POUR SCULPTER VOTRE CORPS ET LE RENDRE PLUS FORT AVEC DES APPAREILS DE MUSCULATION ET DES TAPIS DE COURSE.
OH !
C'EST DONC ÇA, UN CLUB DE FITNESS ?
NOUS NOUS Y RENDONS UNE FOIS PAR SEMAINE.
ET MAINTENANT, AVEC LA NOUVELLE OFFRE DÉCOUVERTE...
... VOUS POUVEZ ASSISTER GRATUITEMENT À DIFFÉRENTES SÉANCES.
TOUT À FAIT.
DES SÉANCES ?

TRÈS BIEN, TOUT LE MONDE !
ALLONS-Y EN RYTHME AVEC LA MUSIQUE !
MATE...
ONE, TWO... ONE, TWO...
MATE...
SOURIEZ DAVANTAGE !
PUGFY
JE DOIS... SOURIRE ?

ALLEZ ! SOYEZ ÉNERGIQUES...
... ET EN RYTHME AVEC LA MUSIQUE...
... ET N'OUBLIEZ PAS DE SOURIRE !
ET MAINTENANT, ON PREND LA POSE !

PUGFY
SON SOURIRE ME FAIT FROID DANS LE DOS.

HAAA ! C'EST VRAIMENT SYMPA, L'AÉROBIC.
VOUS VOUS ÊTES BIEN DÉBROUILLÉ... SAUF POUR LE SOURIRE.
TOUT À FAIT.
QUE DIRIEZ-VOUS D'ASSISTER À UNE AUTRE SÉANCE, MONSIEUR TATSU ?
JE VOUS PROPOSE QUELQUE CHOSE D'IDÉAL POUR UNE REMISE EN FORME.
TRÈS BIEN. GARDEZ CETTE POSTURE...
... ET EXPIREZ EN FAISANT REDESCENDRE DOUCEMENT VOS JAMBES AU-DESSUS DE VOTRE TÊTE.

EST-CE QUE CETTE POSITION VOUS RAPPELLE QUELQUE CHOSE ?
OUI !!
J'ÉTAIS DANS LA MÊME POSITION APRÈS AVOIR ENCAISSÉ LES COUPS DE BÂTONS DE MON BOSS.
D'ACCORD.
EN FAIT, ON APPELLE CETTE POSITION "LA POSE DE LA CHARRUE".

CETTE POSE, C'EST QUAND ON EST PRÊT À ACCEPTER SON ERREUR ET QU'ON S'EST RÉSIGNÉ À SE COUPER UN DOIGT.
CELLE-CI, C'EST QUAND ON EST ASSIS À LA PLACE DU CONDUCTEUR ET QU'ON FILE LES CLÉS DE LA BAGNOLE À L'UN DE SES HOMMES DE MAIN EN LUI DISANT D'ALLER JETER LA CAISSE DU HAUT D'UNE MONTAGNE.
QUANT À CETTE POSE, C'EST QUAND ON S'EST PRIS UNE BALLE ENTRE LES YEUX...
D'ACCORD. INUTILE D'EN DIRE PLUS...

LA SÉANCE EST TERMINÉE. MERCI À TOUTES ET À TOUS.
J'ADORE LE YOGA.
AH BON ?
HU ! HU ! HU ! ÇA FAISAIT UN MOMENT QUE JE N'AVAIS PAS TRANSPIRÉ COMME ÇA.
ÇA ME RAPPELLE L'ÉPOQUE OÙ JE TRAVAILLAIS CHEZ MON ANCIEN EMPLOYEUR. JE FAISAIS BEAUCOUP D'EXERCICES PHYSIQUES PARCE QUE JE DEVAIS JETER UN TAS DE CHOSES DANS LA DÉCHÈTERIE.
EUH... QU'EST-CE QU'IL JETAIT DANS LA DÉCHÈTERIE ?
EN TOUT CAS, JE SUIS CONTENTE QUE ÇA VOUS AIT PLU.
MOI AUSSI.
KATCHAC
C'ÉTAIT BEAUCOUP PLUS AMUSANT QUE CE QUE JE M'ÉTAIS IMAGINÉ...
AH !
MONSIEUR TATSU !

iCi, C'EST LE VESTIAIRE POUR LES FEMMES...
QU'EST-CE QUE VOUS FAITES iCi...
VLAM
... MONSIEUR TATSU ?

FWUUU
SBIM
PLAF
QU'EST-CE QUI VOUS A PRIS, MONSIEUR TATSU ? VOUS ALLEZ BIEN ?
MADAME...
MADAME ?
JE SUIS PRÊT À PAYER POUR MON ERREUR.

LIGOTEZ-MOI !
ENTERREZ-MOI DANS LE FIN FOND D'UNE MONTAGNE OU NOYEZ-MOI EN PLEINE MER !
ALLEZ-Y ! JE SUIS PRÊT...
ON DIRAIT UNE POSE DE YOGA.

LA VOIE DU TABLIER

CHAPITRE 11
カラッ
VRAAM
C'EST POUR BIENTÔT.

JE VAIS AVOIR DU BASILIC, DE LA CAMOMILLE...
... DES GOMBOS ET DES PETITES TOMATES.

JE VAIS POUVOIR LES UTILISER...
... POUR GARNIR MES PIZZAS, AGRÉMENTER MES PÂTES ET FAIRE DU THÉ.

COMME LE LAISSAIENT ENTENDRE NOS INFORMATIONS...
... IL CULTIVE UNE SORTE D'HERBE SUR SON BALCON.
JE N'EN ATTENDAIS PAS MOINS DE TATSU L'IMMORTEL...
J'AI BIEN FAIT DE GARDER UN ŒIL SUR LUI.
NOUS DEVONS AGIR PRUDEMMENT.
HÉ, NAGAI !
POLICE
ET SI ON ALLAIT S'OCCUPER DE SON CAS ?
QUOI ?

FWOP
SHIBAINU
JE VAIS EN FILER UN PEU À MASA AUSSI.
SHIBAINU
CLIC !!!

AH, NAGAI ! IL EST SORTI DE CHEZ LUI !
QUOI ?
OÙ COMPTE-T-IL ALLER ?
HU ! HU ! JE SUIS SÛR...
... QU'IL VA ALLER REFOURGUER SA CAME !
MAIS CE VOYOU N'EN EST PAS À SON COUP D'ESSAI...
TAC
... NOUS DEVONS DONC LE SUIVRE...
... SANS NOUS FAIRE REPÉRER.

HAA!
HAA!
HAA!
HAA!
HAA!
HAA!

HAA ! HAA !
IL EST... HAA... HAA... EN TRAIN...
... DE TELEPHONER... HAA...
IL A... HAA... HAA... SÛREMENT... HAA... HAA... RENDEZ-VOUS ICI.
TAC
RE... REGARDE UN PEU QUI VA LÀ !
C'EST PARFAIT ! SON CLIENT EST LÀ !
AH !

REGARDE !
iL LUi DONNE LA CAME !
SHIBAINU
HO ! HO !
FWUT !
ÇA Y EST !
iL A FiNi SA TRANSACTION !
CETTE FOIS, ON VA LE COFFRER !
A... ATTENDS !
NOUS DEVONS RASSEMBLER DES PREUVES ET NOUS ASSURER QU'iL A BiEN VENDU DE LA DROGUE.
AH ! iLS S'EN VONT !

iLS EMPRUNTENT UNE RUELLE POUR NE PAS ATTIRER L'ATTENTION.
QU'EST-CE QU'iLS FONT ?
iLS SONT ENTRÉS DANS UN CAFÉ FERMÉ.
CLOSED
DASH
C'EST SÛREMENT POUR UNE TRANSACTION DE PLUS GRANDE ENVERGURE !
APPROCHONS-NOUS DISCRÈTEMENT POUR VOIR CE QU'iLS FONT DANS CE CAFÉ...
HE !
VLAAAM
ATTENDS ! ATTENDS !

POLICE !!
PERSONNE NE BOUGE !!
HAPPY BIRTHDAY
Presi dente

QU'EST-CE QUI SE PASSE ICI ?
BIRTHDAY
HEIN ?
NOUS FÊTONS L'ANNIVERSAIRE DE LA PRÉSIDENTE DU COMITÉ DE QUARTIER.
NOUS AVONS RÉSERVÉ CE CAFÉ POUR L'OCCASION.
UNE... FÊTE D'ANNIVERSAIRE...?
TIC
ビク
MENTEUR !
NOUS T'AVONS VU FAIRE UNE TRANSACTION DOUTEUSE...
... AVEC LE PETIT VOYOU ASSIS À CÔTÉ DE TOI !
UNE TRANSACTION ?

AH ! VOUS PARLEZ DU BASILIC QUE TATSU M'A DONNÉ ?
ON PEUT S'EN SERVIR POUR GARNIR UNE PIZZA, POUR QU'IL ACCOMPAGNE DES PÂTES OU UNE SALADE.
ÇA VA AVEC TOUT.
...
IL S'AGIT SÛREMENT D'UNE RUSE.
VOUS AVEZ CRU POUVOIR TROMPER LES YEUX D'UN VÉTÉRAN ?
OUVREZ CETTE VALISE !!
C'EST LÀ-DEDANS QUE SE TROUVE CE QUI NOUS INTÉRESSE !

C'EST
UN CADEAU
POUR NOTRE
PRÉSIDENTE.
C'EST UN POT-POURRI FAIT MAISON.
UN… UN POT-POURRI…
… FAIT MAISON ?

OUI, J'AI CONSERVÉ CES PÉTALES DANS DU SEL SANS LES FAIRE SÉCHER...
... ET ILS SENTENT TRÈS BON.
APRÈS, LORSQU'ILS N'AURONT PLUS D'ODEUR...
... LA PRÉSIDENTE POURRA LES UTILISER COMME SELS DE BAIN.
C'EST MOI OU TON CÔTÉ FÉMININ EST EN TRAIN DE PRENDRE LE DESSUS ?

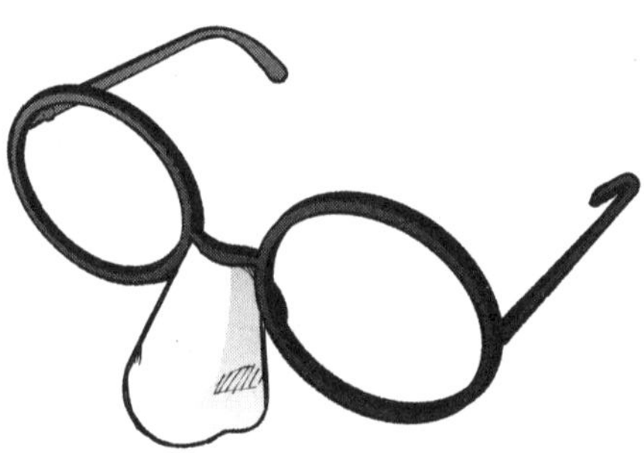

LA VOIE DU TABLIER

CHAPITRE 12
OH !
REGARDE COMME C'EST MIGNON !
C'EST VRAI, ÇA !
À COMBIEN LE FAITES-VOUS ?

CE PORTE-MONNAIE 100 % COTON ET ENTIÈREMENT FAIT À LA MAIN...
... EST À VOUS POUR 200 YENS.
Fait à la main

UN MOIS PLUS TÔT...
TATATAC
TIENS ? TU AS ACHETÉ UNE MACHINE À COUDRE ?
QU'EST-CE QUE C'EST ?
CRIC
CRIC
UNE MACHINE À FAIRE DE LA GLACE PILÉE.
FWUSH
UN APPAREIL POUR SE MUSCLER LES JAMBES.
FWUSH
BRRRRRRRRR !

JE CROIS QUE TU ENTASSES UN PEU TROP DE CHOSES À LA MAISON, NON ?
REGARDE TOUS CES APPAREILS, ON N'A PAS BESOIN DE TOUT ÇA.
IL VA FALLOIR QUE TU FASSES UN PEU DE TRI.
NON MAIS... EN FAIT...
BON ! D'ACCORD...
ET SI TU VENDAIS TOUT CE DONT ON N'A PAS BESOIN...
... DANS UNE BROCANTE ?
TU VEUX QUE JE VENDE ÇA AU MARCHÉ NOIR ? MA PAROLE, TOI AUSSI, T'ES UNE TRAFIQUANTE !
POURQUOI TU DIS ÇA ?

SALUT, TATSU ! ALORS, LES AFFAIRES ?
POUR LE MOMENT, C'EST PAS VRAIMENT LA JOIE.
AH LÀ LÀ ! QU'EST-CE QUE TU VENDS DE BEAU ?
C'EST PAS FACILE...
... DE TENIR SA PROPRE AFFAIRE.
DES USTENSILES DE CUISINE, DES ACCESSOIRES DE NETTOYAGE...
... ET DES TRUCS QUE J'AI FABRIQUÉS POUR PASSER LE TEMPS.
OUAH !

AH ! ÇA, C'EST UNE DE MES CONFECTIONS PRÉFÉRÉES.
KYAAH !
!
QUI T'A PERMIS...
... DE VENDRE TES BABIOLES ICI ?

T'ES SUR LE TERRITOIRE DES SARUWATARI ET T'ES MÊME PAS VENU NOUS SALUER !
MAIS J'AI UNE AUTORISATION DE LA MAIRIE...
QUOI ?
TU COMPTES NOUS PAYER OU PAS ?
HE !
!
JE NE VEUX PAS DE VIOLENCE ICI, LES GARS !
QUOI...? AH !

C'EST TA... TATSU L'IMMORTEL !!
OU... OU... OUAAAAH !!
T'ES QUI, TOI ?
TRBL
ガクガク
TRBL
ON VA AILLEURS !
AH... HEIN ? D'ACCORD...
TRBL TRBL
ガクガク

MOI AUSSI, J'ÉTAIS COMME VOUS AVANT.
SHIBAINU
JE COMPRENDS PARFAITEMENT VOS HISTOIRES DE TERRITOIRE.
TIC
ビク
JE NE VAIS PAS VOUS DEMANDER DE VOUS CASSER COMME ÇA.
REGARDEZ CET ÉPLUCHEUR.

iL ÉPLUCHE ABSOLUMENT TOUT.
??
!!
iL COMPTE M'ARRACHER LA PEAU ?!
TU TE FOUS DE NOUS, C'EST ÇA ?
TRBL
DANS CE CAS...

... QUE DITES-VOUS DE ÇA ?
C'EST UN MIXEUR.
IL COMPTE ME TRANSFORMER EN STEAK HACHE, MAINTENANT ?
GOUH...
CRAC
QU'EST-CE QUI TE PREND, ANIKI ?
JE DOIS TENIR BON ! JE VAIS LE LAISSER ME CHARCUTER LA JAMBE !!

JE VOIS. VOUS ÊTES PLUTÔT DURS EN AFFAIRES, PAS VRAI ?
C'EST POUR CETTE RAISON QUE J'AI GARDÉ ÇA DE CÔTÉ, AU CAS OÙ.
CE... CE TRUC...
... NE DEVRAIT PAS TROP ME FAIRE SOUFFRIR !!

C'EST PARFAIT POUR LE BAIN…
… SI VOUS AIMEZ PLONGER DES TRUCS DANS L'EAU POUR LES VOIR REMONTER À LA SURFACE.
PLONGER DES TRUCS… DANS L'EAU…?
DAAASH
IL COMPTE ME NOYER DANS LA MER ?

ANIKIIII !!
JE...
JE SUIS DÉSOLÉ...
FUP

LA VOIE DU TABLIER

CHAPITRE 13
C'EST ICI, ANIKI.
METS TES POMPES OÙ TU VEUX.
HÉ, MASA !
QU'EST-CE QUE C'EST QUE ÇA ?
JE SUIS DÉSOLÉ, ANIKI...
TANT PIS. CE QUI EST FAIT EST FAIT.

JE M'EN OCCUPE.
NE TE PRENDS PAS LA TÊTE. ON N'A QU'À TOUT FOUTRE DANS LA MACHINE.
ESPÈCE D'AMATEUR !
PLAF
OUH !

IL FAUT SÉPARER LES FRINGUES BLANCHES...
... ET LES FRINGUES DE COULEUR !!
FWAp
パッ
TU VEUX QUE TES VÊTEMENTS DÉTEIGNENT OU QUOI ?
PAR... PARDON...
パッ
FWAp
SHIBAINU
FWAp
パッ
CES TACHES...
C'EST TOI QUI LES AS FAITES ?
OUAIS.
EN MANGEANT DES NOUILLES AU CURRY.

QUAND TU TE FAIS UNE TACHE DE CE GENRE...
FRSH
ゴシ
... TU DOIS LA RETIRER AU PLUS VITE.
FRSH
APPORTE-MOI DE L'EAU À 40 DEGRÉS.
HEIN ? EUH... ÇA MARCHE !
POF
KII
DipLock
POUDRE BLANCHE SPÉCIALE DE TATSU N° 1
QUE...
QU'EST-CE QUE C'EST ?
DU PERCARBONATE DE SODIUM.

チャポ PLOF
QUAND ON LE MÉLANGE AVEC DE L'EAU...
DipLock
... ON OBTIENT DU CARBONATE DE SODIUM ET DU PEROXYDE D'HYDROGÈNE.
ILS VONT SE FIXER SUR LA TACHE...
... ET LA BOUFFER JUSQU'À CE QU'ELLE DISPARAISSE COMPLÈTEMENT.
T'AS ACHETÉ ÇA OÙ ?
AU SUPERMARCHÉ.

APRÈS, T'AS PLUS QU'À RINCER TON TEE-SHIRT.
C'EST BON ? T'AS IMPRIMÉ ?
OUAIS.
EUH... AU PIRE, JE FERAI UNE RECHERCHE SUR LE NET.
J'AI RENVERSÉ DU JUS DE FRUIT SUR CE TEE-SHIRT.
CELUI-CI, JE L'AI TACHÉ AVEC DE LA GLACE.
QUANT À CE TEE-SHIRT, IL A DES TACHES DE BOUE.

APPORTE-MOI TOUTES TES FRINGUES SALES !!!
FRSH
FRSH
FRSH
FRSH
FRSH
FRSH
FRSH
FRSH
NE TOUCHE À RIEN, MASA !!
D'A... D'ACCORD !
JE VOIS QU'IL LUI RESTE ENCORE BEAUCOUP DE HARGNE !!!

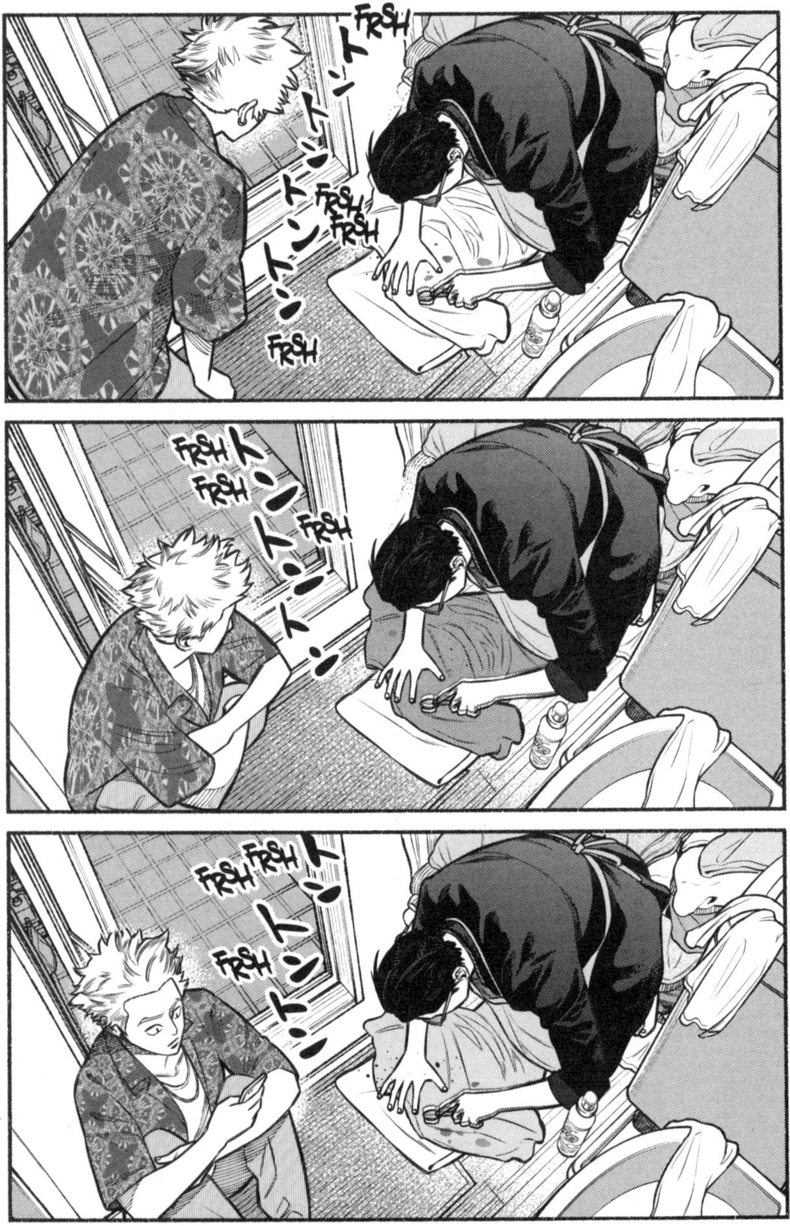
FRSH
FRSH
FRSH
FRSH
FRSH
FRSH
FRSH
FRSH
FRSH
FRSH

バサッ
FLAP
ヒュオ
FSHH
SHIBAINU

FSAF!

LA VOIE DU TABLIER

CHAPITRE 14
VOUS CHERCHEZ UNE VOITURE POUR UNE FAMILLE NOMBREUSE ? À MOINS QUE...
PARDON ? AH !
OH !!
QU'EST-CE QU'ELLE EST BELLE !!

NON, C'EST SEULEMENT POUR MON MARI ET MOI.
ALORS...
... QUE DIRIEZ-VOUS D'UNE BENZ NOIRE ?
COMMENT ?

J'ADORE LE DESIGN.
OUAIS MAIS LE COFFRE N'EST PAS TRÈS SPACIEUX.
QU'EST-CE QU'ELLE EST GRANDE ! JE L'ADORE !
OUI MAIS LE RAYON DE BRAQUAGE N'EST PAS TRÈS SERRÉ, ELLE N'EST DONC PAS PRATIQUE À GARER DANS LES PARKINGS DE SUPERMARCHÉ OU EN VILLE.
ELLE EST SUPERBE !
OUI MAIS ELLE CONSOMME BEAUCOUP TROP D'ESSENCE...

CETTE VOITURE NE ME PARAÎT PAS MAL DU TOUT !
SON RAYON DE BRAQUAGE EST SERRÉ, ON PEUT Y CHARGER PAS MAL DE CHOSES...
... ET ELLE NE CONSOMME PAS DES MASSES. QU'EST-CE QUE TU EN PENSES ?
ELLE NE ME PLAÎT PAS !
PERMETTEZ-MOI...
... DE VOUS PROPOSER AUTRE CHOSE.

CETTE VOITURE FAMILIALE EST L'UN DES MODÈLES LES PLUS POPULAIRES AUPRÈS DE NOTRE CLIENTÈLE.
EN ABAISSANT LES SIÈGES, VOUS OBTENEZ UN COFFRE PLUS VASTE.
C'EST SUFFISAMMENT SPACIEUX POUR Y CHARGER UN CORPS, N'EST-CE PAS ?
TOUT... TOUT À FAIT.

VOULEZ-VOUS L'ESSAYER ?
PAR-DON ?
OH, OUI ! NOUS VOULONS L'ESSAYER !
TU ES D'AC-CORD ?
ZIEUTE
キョロ
ZIEUTE
キョロ
FWAP
ザッ
TOC
コン
TOC
コン
EST-CE QUE LES VITRES SONT PARE-BALLES ?
NON... ELLES NE SONT PAS PARE-BALLES.

KSHAK
チャ
CLONK
ガコ
FWIP
グイッ
BWIIIIN!
GLOUP
きゅ

VROOM
VOYONS VOIR SI CETTE BAGNOLE EST FAITE POUR LA CHASSE AUX SOLDES.
POURRIONS-NOUS ÉVITER D'ALLER DANS D'AUTRES MAGASINS ?
ELLE A RAISON, TATSU, ÇA NE SE FAIT PAS.

REGARDE BIEN AUTOUR DE TOI.
CETTE VOITURE N'EST PAS ENCORE À NOUS.
TU N'AS PAS TORT...
HM ?

BLAM
BLAM
CRÈVE, TATSU L'IMMORTEL !!
KKH...
ON SE TIRE !
BIP BIP
HEIN ? POURQUOI ?
CE MEC... C'EST PEUT-ÊTRE UN TUEUR À GAGES !!
HEIN ?

NYARK
ニィ
!!

ON NE PEUT PLUS FAIRE MARCHE ARRIÈRE NON PLUS !!
MAIS QU'EST-CE QUI TE PREND ??
ROLL
きゅる
ROLL
きゅる
パカ
FOUILLE

KATCHAC
ZWOOOSH
BAISSEZ-VOUS !!

ROLL ROLL
きゅる きゅる
TCHAC
ガチャ
MIKU...
EXCUSE-MOI...
... MAIS JE NE SUIS VRAIMENT PAS BON POUR CE GENRE DE TRANSACTION.
JE VAIS FAIRE UN PETIT TOUR.

LA VOIE DU TABLIER

QUELQUES MOIS PLUS TÔT...
鬼瓦刑務所
CHAPITRE 15
* PRISON ONIGAWARA.
ガチャ
KACLAC

PERSONNE N'EST VENU ME CHERCHER ?
*STOP.
ON DIRAIT BIEN QUE MON CLAN N'EXISTE PLUS.

* DE BONNES CRÊPES MOELLEUSES.

D'ACCORD !
DEUX CRÊPES BANANE-CRÈME CHANTILLY, C'EST BIEN ÇA ?
HM ?

HE, MAIS C'EST...
TORAJIRÔ !!
CONSIDERE COMME LE RIVAL DE TATSU L'IMMORTEL...
... LE TIGRE AUX POINGS D'ACIER EST UN YAKUZA QUI ADORE SE BATTRE.

FWUSH
OUAH !
ÇA FAIT UNE PAYE, TATSU...
T'AS PROFITÉ QUE J'ÉTAIS AU TROU...
... POUR DÉMANTELER MA BANDE, PAS VRAI ?

À CAUSE DE TOI, JE N'AI PLUS NULLE PART OÙ ALLER.
ALORS, JE SUIS DEVENU MARCHAND DE CRÊPES AMBULANT.
ET TOI...
... JE PEUX SAVOIR CE QUE TU FOUS ICI ?
MOI ?
JE SUIS DEVENU HOMME AU FOYER.
SHIBAINU

HA ! HA ! HA ! HA !
TOI ? UN HOMME AU FOYER ?
UN TYPE AUSSI VIOLENT QUE TOI, QUI NE FAISAIT RIEN D'AUTRE QUE S'EMBROUILLER AVEC TOUT LE MONDE ?
TU TE PAYES MA TRONCHE OU QUOI ?

NON, JE SUIS HOMME AU FOYER. REGARDE, TOI, TU ES BIEN VENDEUR DE CRÊPES, PAS VRAI ?
J'IMAGINE QUE TU SAIS DÉJÀ COMMENT ON VA RÉGLER NOTRE DIFFÉREND.
C'EST TOUT VU.
CES DEUX YAKUZAS DE LÉGENDE...
... VONT S'AFFRONTER !!
POC
SHIBAI

PLASH
LE TIGRE AUX POINGS D'ACIER EST TRÈS HABILE DE SES MAINS.
FWIP
IL... IL UTILISE SON COUTEAU COMME UN PRO !
TAC
TAC
TAC
TAC
IL A MIS DE LA CRÈME CHANTILLY !!
OH ! IL DISPOSE LES FRUITS SUR LA CRÊPE À LA PERFECTION !!

MAIS ANIKI N'A PAS DIT SON DERNIER MOT !
す
SHLAC
IL UTILISE CE QU'IL VIENT D'ACHETER AU SUPERMARCHÉ.
ÇA A L'AIR PAS MAL DU TOUT !
SWAF
D'ACCORD... JE VOIS CE QU'IL VEUT FAIRE...
ÇA Y EST !
FOUP
そっ
ON DIRAIT BIEN...
Confiture de mûres

... QU'ILS ONT FINI.
UNE CRÊPE SPÉCIALE AUX FRUITS TROPICAUX ET À LA CRÈME CHANTILLY.
UN BAVAROIS AUX FRUITS ROUGES.

BIP
ピ
TCHAC
カシャ
カ
TCHAC
シャ
Crêpe au cheese cake
Crêpe chocolat-banane
Crêpe à la crème brûlée
Galette au steak haché sauce demi-glace
Crêpe chocolat-crème chantilly
BIP
ピッ
カシャ
TCHAC
BIP
ピ
Instantgram
18:02
Tatsu
Instantgram
18:02
TORA

18:02
Tatsu
Vous avez 1 "J'aime"
Mikucure aime votre publication
Bavarois aux fruits rouges
DEUX HEURES PLUS TARD...
TORA
Vous avez 0 "J'aime"
Crêpe aux fruits tropicaux
Parfait à la tarte aux pommes
Crêpe mont Blanc
Galette jambon-thon-fromage
Crêpe au caramel et à la crème chantilly

Crepe
美味しさたっぷり♪
クレープ
ふわっふわっ

LA VOIE DU TABLIER

Chapitre 16
BATAM
BATAM
ALLEZ !
VISEZ-MOI !!

PLAF
J'Ai !!
BiEN JOUÉ !!

PAF
ALLEZ !! DONNEZ LE MEILLEUR DE VOUS-MÊMES !!
PLAF
RAAAAH !!
VOUS PENSEZ POUVOIR NOUS BATTRE ??
IL VA FALLOIR FAIRE UN PEU MIEUX QUE ÇA !!
IL... IL DONNE VRAIMENT LE MEILLEUR DE LUI-MÊME...
TOUT À FAIT...
AH !
PAF

BATAM
たーん
JE L'AI PRISE EN PLEINE POIRE !!
BRAVO !!
PUG

NOUS AVONS DU MAL À RASSEMBLER TOUS LES MEMBRES DE NOTRE ÉQUIPE CES DERNIERS TEMPS.
TOUT À FAIT.
C'EST VRAIMENT GENTIL DE VOTRE PART DE NOUS AIDER À NOUS ENTRAÎNER, MONSIEUR TATSU.
VOULEZ-VOUS DES BISCUITS AU CITRON ET AU MIEL ?
AU FAIT, UNE AUTRE ÉQUIPE OCCUPE ÉGALEMENT CE GYMNASE...
... ET SES MEMBRES NOUS ONT PROPOSÉ UN MATCH AMICAL.
VOUS ALLEZ VOUS LIVRER À UNE CONFRONTATION DE VOLLEY ENTRE MAMANS, C'EST ÇA ?
LE TERME "CONFRONTATION" ME PARAÎT UN PEU EXAGÉRÉ. EN TOUT CAS, NOS ADVERSAIRES NE DEVRAIENT PLUS TARDER...

HEIN ? QUI... QUI SONT CES GENS ?

KSHAM!
KSHAM!

BIEN LE BONJOUR !
NOUS SOMMES LES OURS DE KUMASAN.
PARDON ? VOUS... VOUS ÊTES ICI POUR...?
ON A COMMENCÉ À FAIRE DU VOLLEYBALL POUR GARDER LA FORME ET ON Y EST DEVENUS ACCROS.
J'ESPÈRE QU'ON VA PASSER UN BON MOMENT TOUS ENSEMBLE.

ALLEZ !
ON VA LEUR MONTRER QUi SONT LES MÂLES !
OUAIS !
YAAH !!
とーん
PIF
PLAF
J'Ai !

STAP
PATRON !!
PLAF
ET UN SMASH DU CHEF, UN !!
TAP
PAF
OUH !
POF
BIEN JOUÉ !

VLAM
PATRON !!
PLAC

BIEN JOUÉ !
ALLEZ, LES GARS !!
PUGPY

JE MÉRITE UNE PUNITION !!
SDOM

KUMA & BEAR

LA VOIE DU TABLIER

Chapitre 17

MAGASIN D'ALCOOLS
MAGASIN D'ALCOOLS
ALCOOLS DE QUALITÉ
KOMANO
MAGASIN D'ACCESSOIRES DE SPORT
RUE COMMERÇANTE
99
J'AI FINI TÔT, AUJOURD'HUI ! ♫
肉の極味
Boucherie Kyokumi 肉の極味
CROQUETTES - VIANDE DE BOEUF CUITE
VIANDE DE PORC CUITE
!!
ÇA SENT BON !
JE M'OFFRIRAIS BIEN UNE PETITE CROQUETTE.
HM ?

EXPLIQUEZ-MOI COMMENT VOUS ARRIVEZ À FAIRE ÇA.
JE NE PEUX PAS VOUS LE DIRE.
C'EST MON PETIT SECRET.
VIANDE DE
EN TOUT CAS, JE N'ARRIVE PAS À CROIRE QUE VOUS FASSIEZ DES FILETS DE PORC À 100 YENS LES 100 GRAMMES...

VOUS ÊTES DU GENRE TÊTU, JE ME TROMPE ?
D'ABORD, JE FRAPPE LA VIANDE AVEC UN MARTEAU...
ENSUITE, VOUS RETIREZ LES NERFS...
... ET VOUS UTILISEZ DE LA PRÉSURE DE VEAU AFIN D'ATTENDRIR LA VIANDE, PAS VRAI ?
HU ! HU ! HU ! C'EST BIEN ÇA.
J'AVOUE QUE VOUS VENEZ DE M'EN BOUCHER UN COIN.

ENSUITE, VOUS RECOUVREZ LA VIANDE DE POUDRE BLANCHE...
... ET EN LA TREMPANT DANS DE L'HUILE BOUILLANTE...
... VOUS OBTENEZ UNE TRANCHE DE PORC PANÉE ONCTUEUSE ET CROUSTILLANTE À SOUHAIT !!
SHIBAINU

JE NE M'ATTENDAIS PAS...
... À TE VOIR RENTRER SI TÔT AUJOURD'HUI.
C'EST PARCE QUE J'AI PU QUITTER LE BUREAU TOUT DE SUITE APRÈS LA RÉUNION.
MIKU... JE SUIS VRAIMENT DÉSOLÉ...
... MAIS J'AI PLEIN DE CHOSES À FAIRE AUJOURD'HUI.
AH BON ?

QUINCAILLERIE
BONJOUR.
BONJOUR, TATSU.
VOUS VOULEZ UN NOUVEAU COUTEAU ?
NON, AUJOURD'HUI, JE VIENS POUR AUTRE CHOSE...
CO... COMMENT ?

PRESSING
FOUR SEASONS Fashion Care
BOBOTAN TEL 9319-0000
BOBOTAN
クリーニング
BONJOUR, TATSU.
SI C'EST POUR RETIRER DES TACHES DE SANG, VOUS SAVEZ QUE VOUS POUVEZ COMPTER SUR MOI.
NON, AUJOURD'HUI, JE SUIS VENU POUR...
ENCORE POUR LA MÊME CHOSE ?
OUI.
JE N'AI JAMAIS VU QUELQU'UN D'AUSSI OBSTINÉ.
EXCUSEZ-MOI MAIS JE SUIS UN PEU PRESSÉ...
STOMP

HU ! HU ! HU ! REGARDE UN PEU ÇA.
MARATAMPON
HM ?
J'AI COLLECTÉ TOUS LES TAMPONS DU MARATAMPON !
RUE COMMERÇANTE
MARATAMPON
Un maratampon et un quiz
YASAI
MEAT
C'EST BIEN.

ET MAINTENANT ? QU'EST-CE QUE TU VAS FAIRE AVEC TOUT ÇA ?
HU ! HU ! HU ! HU !
HA ! HA ! HA !
QU'EST-CE QU'IL Y A ?
Remise des prix
JE VAIS PARTICIPER...
... À LA PLUS GROSSE LOTERIE DE TOUTE MA VIE !!
LOTS

LOTS
1er prix : un voyage à Hawaï
2e prix : une télévision 4k
3e prix : un aspirateur de la marque Deson Tornade
LE PREMIER PRIX EST UN VOYAGE À HAWAÏ ET LE DEUXIÈME, UNE TÉLÉ 4K.
OH ! ON PEUT GAGNER UNE TÉLÉ. C'EST SUPER !
MOI, C'EST LE TROISIÈME PRIX QUI M'INTÉRESSE. JE VEUX L'ASPIRATEUR DESON TORNADE.
JE VOIS...
AUJOURD'HUI, C'EST LE DERNIER JOUR DE LA LOTERIE !
C'EST LA DIXIÈME FOIS QUE JE TENTE MA CHANCE POUR GAGNER CE FICHU ASPIRATEUR !
LA DIXIÈME FOIS ?
BONJOUR, MONSIEUR !

AVEZ-VOUS COLLECTÉ TOUS LES TAMPONS ?
BIEN SÛR ! POUR QUI ME PRENEZ-VOUS ?
RUE COMMERÇANTE
MARATAMPON
VLAM !
AMUSONS-NOUS DANS LE QUARTIER
JE MISE TOUS MES ESPOIRS SUR CETTE ULTIME TENTATIVE !

ET VOICI LE CINQUIÈME PRIX, UNE PELUCHE GÉANTE.
OUAH !
JE LA TROUVE TROP MIGNONNE !!
DOMMAGE POUR VOUS, MON GARÇON...
... MAIS ON DIRAIT BIEN QUE J'AI GAGNÉ.
PFF !
VOUS N'AVEZ PAS COMPRIS...

... QUE CE QUI COMPTAIT LE PLUS POUR MOI...
... C'ÉTAIT DE VOIR MA FEMME SOURIRE ?
SON SOURIRE EST SI...
PLAF
C'EST BON ! JE CROIS QU'IL A COMPRIS !

Z
Z
Z

LA VOIE DU TABLIER

Chapitre 18

Comment ?
Vous comptez passer à la maison tout de suite ?
Pour quelle raison ?
Parce que vous êtes dans le coin ?
Vous auriez pu nous prévenir un peu plus tôt, quand même.
Je ne sais pas si...
POF !
Laisse-moi faire !

VOICI DES CANNELÉS ET DU THÉ DARJEELING...
... POUR MES CHERS BEAUX-PARENTS.
J'ESPÈRE QUE ÇA VOUS PLAIRA...

BRAVO, TATSU ! C'EST TRÈS APPÉTISSANT.
J'AI MIS UN PEU DE RHUM DANS LES CANNELÉS.
AH BON ?
C'EST VOUS QUI AVEZ FAIT CES CANNELÉS ?
TOUT À FAIT.
TATSU PEUT CUISINER TOUT ET N'IMPORTE QUOI.
HM...
MOI AUSSI, J'AIMERAIS SORTIR DE MA RÉSERVE ET PRENDRE PART À LEUR CONVERSATION...

NOUS SOMMES VRAIMENT DÉSOLÉS D'ÊTRE VENUS À L'IMPROVISTE.
NE DITES PAS ÇA, BELLE-MAMAN. VOUS ÊTES TOUJOURS LES BIENVENUS ICI. NOTRE PORTE VOUS EST GRANDE OUVERTE.
IL Y A DE LA CONFITURE DANS LES CANNELÉS !
OUI, JE L'AI FAITE IL Y A QUELQUES...
COMMENT ? LA CONFITURE AUSSI ?
J'AIMERAIS TELLEMENT QUE TATSU ME DONNE QUELQUES CONSEILS POUR CUISINER !
POURQUOI PAS ?
HA ! HA ! HA !
ILS SEMBLENT BIEN S'AMUSER. MOI AUSSI, J'AIMERAIS PARLER AVEC EUX.

MAIS J'Y PENSE ! ON A UN CHIEN À LA MAISON...
DITES-MOI, TATSU... AIMEZ-VOUS LES CHIENS ?
PARDON ?
LES CHIENS ?
LES SEULS CHIENS QUE J'AI CONNUS NE M'ONT PAS LAISSÉ DE BONS SOUVENIRS.
POLICE
HM...
JE VOIS...

JE DOIS LUI PARLER DE LOISIRS.
J'ADORE ALLER AU KARAOKÉ.
ET VOUS, TATSU, AIMEZ-VOUS CHANTER ?
EUH...
PAS VRAIMENT...
CHAQUE FOIS QU'ON A ESSAYÉ DE ME FAIRE CHANTER, JE SUIS RESTÉ MUET COMME UNE TOMBE.
AH BON ?
VRAIMENT ?

EST-CE QUE VOUS VOUDRIEZ FAIRE... QUELQUES LANCERS DE BALLE AVEC MOI, TATSU ?
!!
J'AI TOUJOURS VOULU FAIRE ÇA.
MAIS COMME JE N'AI PAS DE FILS...
VOUS PENSEZ QUE VOUS AVEZ ENCORE L'ÂGE DE JOUER À ÇA, TOUS LES DEUX ?

ZYEUTE
LORSQUE MIKU M'A PRÉSENTÉ TATSU...
QUI N'AURAIT PAS ÉTÉ CHOQUÉ À MA PLACE ?
... JE SUIS TOMBÉ SUR LE DERRIÈRE.
JE NE VOYAIS MÊME PAS COMMENT JE POURRAIS M'ENTENDRE AVEC CET HOMME.
* PARC GOKUSHÔGUN.
C'EST PARTI !
D'ACCORD !

PLAF
TAP
TAP
タッ
タッ
TAP
タッ
TENEZ !
TAP
タッ
TAP
TAP
タッ
タッ

SHIBAINU
C'EST BON !
ON FERAIT MIEUX D'ARRÊTER.

QUE… QU'EST-CE QU'IL Y A, BEAU-PAPA ??
LE LANCER DE BALLE…
… PERMET À UN PÈRE ET À SON FILS D'AVOIR UN ÉCHANGE SINCÈRE.
ÇA NE DOIT PAS SE FAIRE À SENS UNIQUE.
D'ACCORD.
…
JE COMPRENDS MIEUX… MON ERREUR.
ÉCOUTEZ-MOI BIEN.
SHIBAIN

PLAF
VOUS POUVEZ EXPRIMER CE QUE VOUS VOULEZ...
... ET SANS RÉSERVE...
... EN ME LANÇANT CETTE BALLE...

BATAM
TATSU !!
VOUS... VOUS N'AVEZ RIEN DE CASSÉ ?
HA ! HA ! HA !
SUPERBE LANCER, MON GARÇON !
KEUF !
LA VOIE DU TABLIER
FIN DU VOLUME 2

Je suis tombé
sur le derrière.

LA VOIE DU TABLIER

Chapitre Bonus ① - La promenade de Gin 2

HE, TOI ?
QU'EST-CE QUE TU FOUS ?
HEIN ?
PAS GRAND-CHOSE. JE COMPTAIS JUSTE POSER MA PÊCHE ICI.
T'ES PAS CHEZ TOI.

...
HE !!
T'AS PAS COMPRIS QUE JE VOULAIS QUE TU ARRÊTES ?
POURQUOI ÇA ?
PARCE QUE T'ES DANS MON JARDIN...
... PIGÉ ?
DÉSOLÉ.
INUTILE DE TE METTRE AUTANT EN COLÈRE.
JE N'AI ENCORE RIEN FAIT... OH ! KKH...
HE !!

PAF
JE T'AI DIT DE NE PAS FAIRE ÇA DANS MON JARDIN !!
OH !
AH LÀ LÀ !
TSS...
MAIS C'EST PAS VRAI !!
QU'EST-CE QUI T'A PRIS, BON SANG ??

HM ?
JE N'AI PAS LE CHOIX, JE DOIS ME SOULAGER UN PEU...
BIEN !
AH !
SBAM
ARRÊTE ÇA TOUT DE SUITE !!
JE CROIS QUE ÇA VA SORTIR.
QUOI ?

FWIIIIISH
GRAB
!
FUP
SDOM
OUILLE !

TU NE M'AS PAS VRAIMENT LAISSÉ LE CHOIX ! COULE TON BRONZE ICI.
SI MES MAITRES TROUVENT UNE CROTTE DANS LE JARDIN, ILS VONT M'ENGUEULER.
JE NE LE SAVAIS PAS, DÉSOLÉ.
...
OH !
L'ENVIE M'EST PASSÉE.
TU VEUX QUE JE TE REFASSE LE PORTRAIT OU QUOI ?

LA VOIE DU TABLIER

Chapitre Bonus ② - Répétition

C'ÉTAIT PAS MAL DU TOUT.
SINON, JE PEUX LUI TOURNER LE DOS ET...
EST-CE QUE VOUS VOUDRIEZ FAIRE...
... QUELQUES LANCERS DE BALLE AVEC MOI ?
ET SI ON SE FAISAIT QUELQUES LANCERS DE BALLE ?
UNE PETITE SESSION DE LANCERS DE BALLE...
... ÇA VOUS DIT ?

FWUT
ヒュ
C'EST PARTI...
... POUR DES LANCERS DE BALLE DE FOLIE !
AH ! CHÉRIE... ÇA Y EST ! JE SAIS CE QUE JE VAIS LUI DIRE !

LA VOIE DU TABLIER

Chapitre Bonus ③ - Les genoux ont leurs limites

MES GENOUX !
JE DOIS LES MUSCLER...
... AFIN DE LES RENDRE PLUS ENDURANTS !
RAAAAAAH !
HAA...
HAA...
ANIKI...

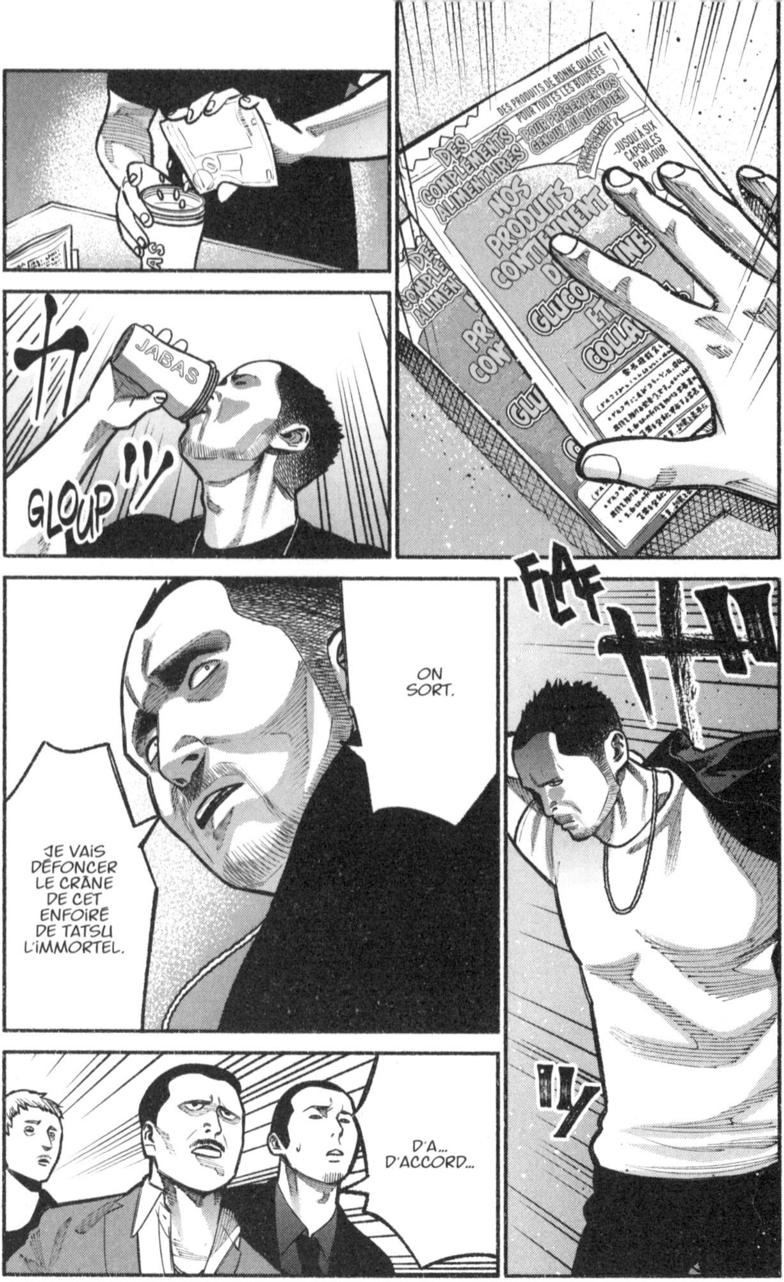
DES PRODUITS DE BONNE QUALITÉ POUR TOUTES LES BOURSES
DES COMPLÉMENTS ALIMENTAIRES
POUR PRÉSERVER VOS GENOUX AU QUOTIDIEN
JUSQU'À SIX CAPSULES PAR JOUR
NOS PRODUITS CONTIENNENT
JABAS
GLOUP
FLAF
ON SORT.
JE VAIS DÉFONCER LE CRÂNE DE CET ENFOIRÉ DE TATSU L'IMMORTEL.
D'A... D'ACCORD...

から 20m
を除く
100
300
1,000

MERCI D'AVOIR LU CE DEUXIÈME VOLUME JUSQU'AU BOUT.
UN GRAND MERCI À KIMU, MIDORINO, SOEN, KZK ET PESOTARÔ.

Ce manga est publié dans son sens
de lecture originale, de droite à gauche.

Ici, vous êtes donc à la fin.

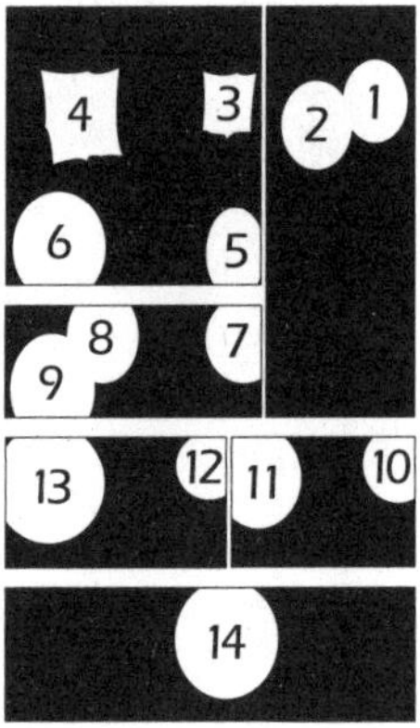

LA VOIE DU TABLIER

GOKUSHUFUDO vol.2 by Kousuke OONO

French translation rights arranged with SHINCHOSHA PUBLISHING CO.
though Tuttle-Mori Agency, Inc., Tokyo.

7, avenue P-H Spaak - 1060 Bruxelles
2e édition

Achevé d'imprimer en janvier 2021 • Dépôt légal : octobre 2019
d/2019/0086/143 • ISBN 978-2-5050-7670-4

Traduit et adapté en français par Rodolphe Gicquel
Conception graphique : Aude Charlier
Adaptation graphique : Éric Montésinos

Imprimé et relié en Italie par GRAFICA VENETA
Via Malcanton 2, 35010 Trebaseleghe (Pd)